رواية

أُميرة الشعراء

د. جُمان الريحاني

إهداء ..

إهداء إلى أميرة الشعراء

إهداء إلى عشاق الشعر والقصائد والإحساس والمشاعر

إهداء إلى كل متذوق

إهداء إلى الأميرات والأمراء

إهداء إلى عشاق جمال عالم الخيال

جمان الريحاني

أميرة الغرور

في إحدى البلدان كانت هناك إحدى الأميرات
المغرورات بجمالها لقد كانت اختال اثنا عشر أميرة
ولكنها هي الكبرى لذا كانت الأوفر حظا بالنسبة
لوالدها فقد كان يفكر في انه ولأنه لم يحظ بوريث
للعرش ذكر سوف يجعلها يوما ما وريثته.

لقد كان يفكر فقط وقد وضع وصية بينه وبين وزراءه
ولم يخبر أحدا عنها كما انه لم يعلن من هو ولي عهده.

كانت تلك الأميرة تفكر في أنها سوف تحظى بذلك المنصب.

لقد كانت مغرورة جدا وكانت تحاول جهدها وبكل قوتها أن تصبح مميزة ومتميزة وليست مثل أخواتها أو مثل أية أميرة في البلاد.

كانت تلك الأميرة تلبس ما لم تلبسه مثيلاتها ولكنها لم تكن ترى أن هناك من تضاهيها مالا وجاها وجمالا حتى أخواتها الأميرات.

وعندما بلغت سن الشباب والزواج ولم تكن أخواتها بعيدات عنها في السن وكانت هناك أميرات أخريات كثيرات في مثل سنها وأكبر منها واصغر.

كانت الأميرات يفكرن في الزواج ويبحثن عن الشاب المناسب لكل واحدة منهن وأيضا يبحثن عن الأمراء والفرسان وما يليق بأميرات.

بينما كانت الأميرة تفكر فقط في أن تكون أميرة المملكة وان تحظى بمنصب بعد والدها وان تكون هي أميرة البلاد وان يعبدها الناس.

كانت تفكر في أن تحظى بثقة والدها الذي يجب أن يشعر بأنها محبوبة وهي من تستحق أن ترث عرشه.

وبدأت تزف الأميرات إلى أمراء وفرسان من اختيارهن، فكرت الأميرة في أمر وقررت بأنها لن تتزوج بسهولة ولن تبقى بلا زواج أيضا.

يجب أن لا ينقصها في حياتها شيء بل يجب أن تتميز دائما وان تكون هي الأفضل.

أحلام ملكة المستقبل

فكرت الأميرة في فكرة خلاقة وبعد تفكير عميق وطويل توصلت إلى حل ألا وهو أن تعلن قراراها بأنها تريد الارتباط.

فكرت في هوية العريس ومن سيكون ولكنها لم تتوصل إلى شيء محدد.

لقد كانت تقول في نفسها:

لا يليق بأميرة الأميرات إلا ملك ولكن كل الملوك هو

شيوخ وكبار السن ولم أرى بحياتي ملكا شابا وجميلا

فكرت أيضا في أولياء العهود وكانت تقول في نفسها أيضا:

لا يمكن لأميرة تريد أن تصبح ملكة هذه البلاد أن ترتبط بولي عهد أية مملكة أخرى فالأمر غير مناسب.

كيف سيكون الوضع؟

هل انتقل إلى بلاده وماذا عن بلدي وعرشي وكرسي الذي ينتظرني والذي اطمح إليه؟

فكرت في الأمراء ولم تكن تريد أي أمير عادي

فهي تعلم بأن الأمراء مدللون ولا يفقهون في الحياة شيئا

لا يعرف الأمراء كيف يعيشون بدون الخدم يوما واحدا الأمراء إتكاليون

الأمراء أنانيون

الأمراء يحبون اللهو

كانت لدى الأميرة نظرة سيئة عن الأمراء وهي تريد شخصا مميزا لكي تصبح هي أكثر تميزا وليست تريد زواجا تقليديا.

الفكرة الممتازة

بعد طول تفكير توصلت الأميرة إلى فكرة جيدة من اجل زواجها ولم تكن الفكرة من اجل زواج تقليدي بل كانت تستعمل مرادها من اجل أغراض أخرى.

لقد فكرت في أنها يجب أن تكتسب الكثير من هذه الخطوة وبعد طول دراسة توصلت إلى أنها يجب أن تستغل هذا الموضوع لنيل حب المملكة وحب والدها لكي تكتسب ثقته في جدارتها بالمنصب كوريثة له

توصلت إلى فكرة جميلة ن وحي الحكايات والقصص التي كانت تسمعها

أرادت أن تكتسب سمعة كبيرة بتنافس الرجال بل نخبة الرجال لأجلها

أرادت أن يتقدم لها الكثيرون وان يتنافسوا من اجلها

في تلك الفترة لم يعد الرجال يتنافسون من اجل النساء في مباريات المبارزة

ففكرت في أن تجري لهم سباقا من نوع آخر

وبينما هي تجري حوارا مع خادمتها الأمينة ووصيفتها الخاصة التي تعرف بأنها أمينة ولا تفشي الأسرار

قالت لها:

أيتها الوصيفة ما هي المباريات التي يتقد إليها الأمراء والنبلاء؟

عددي كلما يخطر ببالك

الوصيفة:

سباق الخيل

رياضة البولو

الشطرنج

المبارزة بالسيف للفرسان والأمراء

مبارزة السلاح

رمي السهام

الصيد

الأميرة:

وغيرها ما يخص العاملة؟

الوصيفة:

المبارزة

المصارعة

مصارعة مع الحيوانات

المصارعة بالأيدي

سباق الجري

وهناك بعض الألعاب والرياضات التي لا أريد أن اذكرها لأنها تخص العامة وهي غير لائقة

الأميرة:

أنت لم تذكري أمرا أعجبني مازلت بعيدة جدا كل هذه الرياضات والمباريات ليست تتضمن ما أبحث عنه

الوصيفة:

ولكن سيدتي أنا لست افهم ما تريدين بالضبط

الأميرة:

اسمعي سوف اشرح لك الفكرة بالتفصيل لعلك تساعدينني

أريد أن اجري مباراة من اجل الرجال أمراء وفرسان ومن أفضل وجهاء البلاد لكي يتنافسوا من اجلي ومن يفوز ويتفوق سوف أتزوج به لأنه سيكون هو الأجدر.

ولكنني لا أريد مباراة تتضمن الدماء والموت

بل أريد مباراة نزيهة وجميلة وتجعل الناس معجبين بما فعله الرجال لجلي.

واري دان يتقدم من اجلها الرجال الأقوياء والأذكياء والمميزين وليس كل من ولد في قصر فقط وليس كل من يمتلك عضلات فقط.

لا اعرف أنها فكرة تدور في راسي ولست أجد لها ثوبا مناسبا

لا أريد رجلا غبيا

ولا أريد رجلا غنيا

ولا أريد أميرا

ولا وزيرا

أريد شخصا مميزا تجتمع فيه صفات كثير

رجلا يجعل الجمهور يعجب به ويعجبون بي لأنني اخترته

ويعجبون بي لأنه نال إعجابي

أريد رجلا يجعل الناس يحبونني أكثر

الوصيفة:

مولاتي أنت تجعلين الأمر يبدو صعبا جدا

إنه يستحق التفكير والتفكير الكثير

الأميرة:

وذلك ما جعلني اطلب منك التفكير معي

الوصيفة:

يجب أن نتروى يا مولاتي وان نفكر جيدا وان نأخذ وقتنا بالتفكير

الأميرة:

ولكن إياك إن يذاع الخبر أو يسمع به أحد وإلا طارت
راسك الجميلة

الوصيفة:

لا تقلقي يا مولاتي فكل كلامك هو سر دفين

الأميرة:

إياك أن يصل الخبر إلى أية أميرة أو حتى وصيف
وإلا فإنني سوف اخسر الخطة واخسر كانت معها

الوصيفة:

اطمئني يا مولاتي
واعدك بأنني سوف أجد لك الحل الذي يناسبك

الحكمة المساعدة

كان للوصيفة جدة تعيش في قمة جبل وقد أخذت الوصيفة إذنا بالذهاب إلى ذلك المكان لزيارة جدتها التي كانت تعتبر حكيمة.

وعندما وصلت إلى هناك طلبت من جدتها الإرشاد والنصيحة وأخبرتها بما تريد الأميرة وأخذتها منها الجواب على سؤالها وعادت سريعا إلى القصر.

في اليوم الموالي وعندما استفاقت الأميرة من نومها وجددت وصيفتها بجانبها وهي لم ترها منذ ظهر يوم أمس فقالت لها:

أين كنت أيتها الشقية:

الوصيفة:

لقد ذهبت لزيارة جدتي

الأميرة:

ولما تأخرت هكذا؟

الوصيفة:

جدتي تعيش في أعلى الجبل والمسافة كانت طويلة

الأميرة:

وماذا الآن؟

الوصيفة:

مولاتي لنتكلم في الأمر فيما بعد

الأميرة:

أوه لقد فهمت

لنتكلم بعد تناول طعام الإفطار هيا ساعديني على اخذ حمامي وجهزي لي الفستان الوردي

لقد انتبهت الأميرة إلى أن الغرفة مليئة بالخادمات والأمر الذي تريدان التكلم فيه هو أمر خاص وسري جدا

بعد أن أصبحت الأميرة مع الوصيفة لوحدهما سألتها عن الأخبار، فقالت لها الوصيفة:

سيدتي لقد أحضرت لك النصيحة من جدتي الحكيمة

الأميرة:

وما كانت نصيحة جديتك الحكيمة

الوصيفة:

جدتي تقول بأنه يجب أن تكون المسابقة مسابقة فكر

ولكن لست أنت من يجب أن يطلقها بل أنت من يجب

أن يوافق عليها فقط

الأميرة:

لم افهم

لما تتكلمين هكذا وكأنك تقولين لغزا

الوصيفة:

لقد أخبرت جدتي بأنك تريدين أن تكون لديك سمعة

جيدة وأن يحبك الناس وان يتهافت عليك الخاطبون

فتجري لها منافسة بينهم لكي تعلني الفائز

كما أخبرتها بأنك لا تريدين مدللا ولا شخصا تافها ولا

غبيا

الأميرة:

نعم بالطبع

مثلما قلت بالضبط

الوصيفة:

وهي تقول بأنه يجب أن تكون المسابقة أو المنافسة منافسة فكر

أي أن كل أنواع الرياضة لا تنفع لأنه سوف يتقدم من لديه قوة عضلية وهذا لن ينفع سيرتك في شيء

لذا يجب أن يكون المجال الذي يتنافسون فيه هو مجال يهم اغلب الشعب لكي تؤثر المنافسة في اغلب الشعب فتدخلي قلوب هم من أبوابه الواسعة.

الأميرة:

وما هو هذا المجال؟

الوصيفة:

جدتي اختارت لك الشعر

الأميرة:

الشعر؟

الوصيفة:

نعم

الأميرة:

ولما الشعر؟

الوصيفة:

جدتي تقول بان الشعر حي ولا يموت

وأنت عشت في قصيدة فانك سوف تنعمين بالخلود ولن

عذرا يا مولاتي

الأميرة:

أكملي كلامك لن ماذا؟

الوصيفة:

لن تموتي أبدا

الأميرة:

هذا كلام جيد

الوصيفة:

وتقول أيضا بان الشعر يبجل وان قال فيك شخص ما قصيدة فانه سوف يبجلك وهذا ما سيجعل الناس الذين يعشقون ذلك الشاعر ويعشقون قصائده سوف يعشقونك ويحبوك بلا توقف

الأميرة:

هذه فكرة جيدة أيضا

لقد أعجبتني سوف اعتمد على هذه الفكرة الرائعة

الوصيفة:

ولكن يا مولاتي

الأميرة:

ماذا هناك؟

الوصيفة:

جدتي تقول بأنه لا يجب أن تكوني أنت من يطلق الفكرة

الأميرة:

ولما لا؟

الوصيفة:

سوف يعتقد الناس بأنك مغرورة ولن يحبك الناس

الأميرة:

وما العمل إذن؟

الوصيفة:

لقد أخبرتني جدتي بخطة جيدة

الأميرة:

وما هي؟

الوصيفة:

جدتي تقول بأنه يجب أن يقدم لك احد ما قصيدة وأنت تعجبين بها وتعطيه مكافأة ولكنه يطلب يدك للزواج ولكي ترفضيه بطريقة لبقة أنت تجرين هذه المسابقة وتقولين بأنك سوف تقبلين بمن يأتيك بأجمل قصيدة

الأميرة:

وإن فاز شخص قبيح؟

ضحكت الوصيفة وقالت:

لقد سألت جدتي نفس السؤال

الأميرة:

وبما أجابتك؟

الوصيفة:

جدتي تقول بان الشعر ملكة وهذه الملكة لا تعطى لأي كان

الشعر روح ولا يدرك الروح إلا شخص متميز

الشعر نبيل ولا يقوله إلا من هو من أصل نبيل

الشعر مبجل لا يقول الشعر إلا مبجل

الشعر مقدس لا يخرج الشعر إلا من قديس

الشعر نقي والإناء ينضخ بما فيه

الشعر جمال وسحر ولا ينبع الجمال إلا من الهة الجمال والسحر

الشعر رقي من يقول الشعر هو شخص راقي وبشعره يرتقي إلى السماء أكثر فأكثر

وأوصتني بوصية لكي انقلها إليك

الأميرة:

وما هي؟

الوصيفة:

جدتي تقول لك:

فلتكن المسابقة نزيهة وحقيقية وضعي كل الشروط التي تريدين ولكن لا تحددي السن

وعندما يفوز احدهم في الأخير فاثبتي للجمهور بأنك صادقة وتصرفي بذكاء واقبلي نتيجة الحكام والجمهور ولا تتصرفي بأنانية في تلك اللحظة سوف تكتشفين بأنك فزت بالزوج الذي تريدين وبالجمهور وبسمعة لا نظير لها وبمحبة لا منقطعة وأيضا سوف تفوزين بولاء والدك لك وبمنصب أنت به تحلمين

الأميرة:

لقد أعجبتني الفكرة ورغم أنني لا افهم بعض كلام جدتك إلا إنني موافقة على كل الخطة وأريد أن ننطلق بها فورا وقبل أن يسبقنا أي احد.

الوصيفة:

لن يسبقنا أحد يا مولاتي

تنفيذ الخطة

بعد أن قررت الأميرة ووصيفتها أن تطبقا الخطة لم يكن هناك داع للتأخر أكثر ورأت الأميرة بان يجب أن يبدأ بالتنفيذ على الفور.

لقد كانت الخطة على جزأين، الجزء الأول هو إيجاد شخص غير معروف يهدي للأميرة قصية غزل وعندما تقبل الأميرة هديته التي يجب أن يلقيها على

الملأ وقبل أن تكافئه على قصيدته التي يجب أن تكون
قصيدة جميلة وذات قيمة.

قصيدة رائعة فإنه يطلب يدها

وبالفعل ومع حلول عيد ميلاد الأميرة الثامن عشر
قررت الأميرة أن تقيم حفلا وعلى غير العادة قررت
أن تدعو كل شعب المملكة وقررت أن تقدم له الطعام
والحلويات واخبرهم المعلن بخبر هام وقال:

يا أهل المملكة

اسمعوا وعوا

والحاضر يبلغ الغائب

الأسبوع القادم عيد ميلاد أميرة المملكة

وقد طلبت الأميرة من الملك طلبا خاصا هذه السنة

لقد طلبت أن تحتفل مع الشعب

من يريد ان يحضر الحفل فهو مرحب به لأن الحفل
عام وسوف يجرى في حديقة القصر

فاستعدوا للحفل وارتدوا أجمل الثياب

ولا تتكلفوا فهداياكم مقبولة حتى لو كانت دجاجة أو بيضة لأن الأميرة هي التي تستقبل الهدايا هذا العام

ودمتم سعداء

ننتظركم الأسبوع القادم

الحفلة الموعودة

لقد كانت الحفلة حقيقية ولكن كان الأميرة تحاول أن
تنفذ خطتها وهذا ما جعلها تدعو العامة

وبعد أسبوع وخلال الحفل وهذه أول مرة تظهر
الأميرة للعلن بهذه الحلة البهية والطلة الجميلة

استقبلت كل الهدايا تقريبا وفجأة سمعت صراخا
وبعض الفوضى وعندما استفسرت عن الأمر قالوا لها

بان رجلا أعرج يطلب الدخول ولكنه يبدو فقيرا من
ثيابه المميزة ولكنها سمحت وكل الشعب يشاهد
ويراقب رد فعلها العجيبة

عندما دخل الرجل سألته:

من أنت؟ وماذا تريد؟

الرجل:

أنا شاعر

ضحك الجميع من الخدم إلى الوزراء إلى الشعب لكن
الأميرة لم تضحك وواصلت كلامها بكل جدية وقالت:

وماذا تريد؟

الرجل:

بمناسبة عيد ميلادك أريد أن أقدم لك هدية

فضحك الجميع مرة أخرى ولكن الأميرة لم تضحك
وقالت بأعلى صوتها

اليوم عيد ميلادي وقد قررت أن اقبل كل الهدايا وهدية
هذا الرجل مقبولة

لقد استغرب الجميع من رد فعل الأميرة الذي ينم عن
الذكاء والطيبة والحنان وصفات أخرى جميلة كثيرة

حتى أن والدها ووالدتها قد استغربا تصرفها بينما
أعجب والدها بكونها تتصرف بحكمة بينما أخواتها كن
يضحكن في سر وخفاء.

تراجعت الأميرة قليلا إلى الوراء وهمست الوصيفة
للخادم بشي فقال:

هيا قدم هديتك للأميرة

فقال الرجل:

سوف اتلوها عليها

إلتفتت الأميرة التي كادت أن تصل إلى كرسيها بجانب
والدها الملك وقالت:

ماذا تقصد؟

الرجل:

لقد قلت فيك قصيدة وأنا أحفظها وليت اكتبها على ورقة ولا احملها

أريد أن اتلوها عليك وعلى جميع الحاضرين إن وافقت

بعد أن جلست الأميرة نظرت إلى والدها الذي أو ما لها برأسه أي انه موافق على كلام الرجل وقالت:

هيا تفضل وقل ما لديك

وليستمع الجميع

لقد كان الجميع يستغرب من تصرفات الأميرة التي يمكن أن يقال عنها أنها مبالغ فيها فهي تحترم ذلك الرجل الذي يبدو وكأنه متسول وتعامله باحترام وتقدير وعطف ولكن البعض قد أعجب بتصرفاتها، فكانوا يتهامسون ويقول عنها أنها أميرة بأخلاقها

إنها أميرة نبيلة

تقدم الرجل وقال موجها كلامه للأميرة:

شكرا يا أميرتي

ثم واصل كلامه وقد اتجه إلى الجمهور بدون خجل ولا انكسار ولا شعور بالضعف وراح يتلو قصيدته في الأميرة

الفستان لا يخفي الجمال

والجمال لا يشترى بمال

والمال لا يعثر عليه في الجبال

والجبال لا تبنى على الآمال

وسكت برهة فصفق له الملك وتبع التصفيق تصفيق الأميرة فالجمهور ثم أكمل كلامه وقال:

عريقة الأصل نبيلة النسب

رفيعة الفصل سليلة الحسب

جميلة الوصل كريمة حين الكسب

كثيرة النصل والغبي من رسب

غديقة العسل رقيقة السب

وتوقف عن الكلام لبرهة فحدث ما حدث قبل قليل

صفق الملك فالأميرة فالجمهور

ثم واصل الرجل الكلام وقال:

مليحة الوجه رقيقة العود

نجلاء العيون وردية الخدود

ممتلئة الشفاه شابة خود

خرعبة[1] عطبولة[2] نظراتها بارود

عنود نهود أول العنقود

---

[1] خرعبة: حسنة القوام مرنة الجسم

[1] عطبولة: طويلة العنق في حسن واعتدال

سكت الرجل، صفق الملك، صفقت الأميرة وانهالت التهاليل من الجمهور والتصفيق الحار والأميرة مبسوطة بما يجري فخطتها تسير على ما يرام

كان الرجل يريد أن يكمل وعلى ما يبدو أن القصيدة لازالت طويلة ولكن الملك قاطع الأمر وأمر الوزير بان يغدق على الرجل بالعطاء ولكن الرجل أراد أن يضيف شيئا فسمح له الملك بذلك فقال:

مولاي إن كان ما قلته قد نال إعجابكم وإعجاب الأميرة أريد أن اطلب شيئا

<u>الملك:</u>

تفضل واطلب ما شئت

<u>الرجل:</u>

أريد أن اطلب أمرا ولكن أتمنى أن توافق عليه الأميرة

نظر الملك إلى الأميرة فقالت للرجل:

تفضل واطلب ما شئت

فقال الرجل:

أنا اطلب الزواج من الأميرة

قام الملك من مكانه وقد استغرب جرأة الرجل وكأنه سيأمر بقطع رأسه في الحال ولكن الأميرة قامت هي الأخرى وطلبت من والدها الهدوء وان يسمح لها بالكلام ففعل

فقامت ونضرت للجميع وقالت:

ولكنك لا تعرفني

فقال:

سمعت عنك الكثير وها اليوم أرى منك الكثير

وما سمعت كان يكفيني

وما رأيت يكفيني

كان الرجل بثيابه الممزقة وشكله غير اللائق ولكنه شجاع لأنه يطلب طلبا مثل هذا

كانت الأميرة تبدو وكأنها تفكر فيما ستقوله والجميع ينتظر رد فعلها وما ستفعله ولكنها فاجأت الجميع وقالت:

أنت شجاع وأنا اقدر شجاعتك

لن افعل أي أمر لن يعجب مولاي الملك ولن افعل أمرا لن يعجب شعبي ولكني سوف أعطيك فرصة فما رأيك

الرجل:

مولاتي أنا اقبل بآي قرار تتخذينه

الأميرة:

أنا أوافق على الزواج

استغرب الجميع والملك كاد ينقض على ابنته من شدة الغضب ولكنها لم تنهي كلامها وقالت:

أنا أوافق على الزواج من رجل يقول شعرا ويعجبني ولكن..

ولكن لا أن يعجبني بمفردي بل..

ودارت في مكانها قليلا ثم قالت:

فلنقم بمباراة وليتقدم كل من يرغب بالزواج مني ومن يفوز أتزوج به

المباراة سوف تكون شعرية

ولنضع حكاما والحكم يكون للجنة التحكيم والعائلة المالكة والشعب

ولنقم جميعا باختيار الزوج المناسب لي

وهكذا سوف تحظى بفرصة فهل أنت موافق؟

الرجل:

نعم موافق وأنا للمباراة

وأنا للمنافسة

وربما أفوز

الأميرة:

فليفز الأجدر كائنا من يكن

ثم نظرت إلى الملك وقالت:

هل توافق يا مولاي؟

نظر الملك إلى وزيره وقال:

أصدر بيانا ببدء الفعاليات

كان الجمهور سعيدا جدا

وفي اليوم الموالي صدر البيان الذي فيه شروط المسابقة التي هي على ثلاث مراحل وقد وضع الشروط كبار الشعراء في البلاد والطاقم الوزاري والاستشاري

أميرة الشعب

لقد وصلت أخبار كثيرة إلى القصر بالأصداء بين الشعب عن الموضوع واخبروا الملك بان الجميع يمدح الملك الحاكم العادل والذي يحب شعبه والأميرة التي أصبحوا يلقبونها بأميرة الشعب.

لقد شعر الشعب بأنها قريبة من الشعب وتليق بان تصبح ولية العهد.

لقد نجحت خطة الأميرة لحد الآن وجاء دور الجزء الثاني والذي هو أن ترى من سيتقد لها ومن سيكون من نصيبها.

ذاع صيت الأميرة في كل البلاد وأصبحت أخبارها تتناقلها القوافل والفرسان لقد وصلت إلى كل مكان وتهافت على المملكة فرسان وأمراء لكي يخوضوا بدورهم المباراة

وبعد التصفيات المبدئية أعلن عن مواعيد الإلقاء، وقد كانت هناك ثلاث حفلات بثلاث ليال وكل ليلة مع اكتمال قمر كلها تصفيات بحضور الملك وزوجته والأميرة وباقي العائلة الملكية وبعض الأمراء من أنحاء البلاد

شروط المسابقة

من شروط المسابقة أن يكون المتقدم شاعرا

أعزبا لم يسبق له الزواج

معجب بالأميرة ويحبها

يجب أن يفي بوعده بالحب لها وان لا يخونها ولا

يخون البلاد

يجب أن يلقي قصائدا من نضمه هو

يجب أن لا يساعده أي احد

يجب أن يختار كل المباريات بنزاهة

لا يشترط السن

لا تشترط المكانة الاجتماعية فلو كان أميرا هو مقبول
وحتى لو كان من العامة هو مقبول أيضا للتقدم إلى
المسابقة وللزواج بالأميرة أن حدث وفاز وسوف
يصبح أمير البلاد

القصائد يجب أن تكون في الأميرة ولا أي موضوع
آخر سوف يقبل

فقط الغزل في الأميرة

ويفضل أن لا يكون غزلا ماجنا

أن يكون الحضور شخصي ولا يقبل أن يلقي القصيدة
احد غيره، ولا بأي عذر كان.

لا يشترط لباس معين ولا ثياب راقية

47

يمكن للمتبارين أن كانوا من خارج المدينة النزول في بيت الضيافة وسط المدينة والحساب على القصر طوال مدة الإقامة.

وتسابق المتسابقون

لقد كانت هناك تسهيلات جيدة فتهافت الرجال من كل البلاد من اجل أميرة البلاد وراحوا ينضمون القصائد فيها ويسمعون الجماهير قصائد الغزل والمدح في الأميرة الجميلة.

وقد أصبحت الأميرة أشهر أميرات المملكة وأصبح يلقبها الشعب بأميرة الشعراء بعد أن كانوا يطلقون عليها أميرة البلاد.

ومرت الأيام واحتدم الصراع وتوصل إلى المباريات الثلاثة النهائية ثلاثون شاعرا منهم الأمير ومنهم الوزير ومنهم الفقير.

ولم يسألوا أحدا عن أصله وفصله ولا عن نسبه وحسبه بل كان من باب العدل أن سعير الشعر عن الشعراء ويعبر الغزل عن أميرة الشعراء.

وفي المرحلة الثانية وصل عشرون شاعرا إلى هذه المرحلة وتم إقصاء عشرة شعراء

وفي المرحلة الموالية وصل إليها عشرة شعراء وتم إقصاء عشرة شعراء آخرين

وفي المرحلة الأخيرة تبارى عشرة شعراء فيما بينهم وكان الفائز احدهم وواحد من بينهم

كان بين العشرة الذين وصلوا إلى النهائي أمير يعشق الشعر منذ أن كان طفل صغير

وآخر وزير يعشق الألغاز والحكايات والأساطير

وآخر هو من الأثرياء وله مال كثير وبعير

وآخر تاجر أقمشة يفرق بين القطن والحرير

ونجار يحب التغيير مختص في التكسير والتسمير

وخباز يجيد التحضير وله محل وعشرون ايجير

وفنان لا يجيد إلا التزمير

وفارس قوي وخطير ولا يحب التبرير

ولص يجيد السرقة والقمار والتزوير

والأخير كان رجل فقير لا يمتلك إلا عباءة على ظهره
وهي حين النوم له حسير والأرض له سرير والسماء
غطاء كبير والنجوم للهداية وتساعده في التعبير.

ولكنه كان ويخفي وجهه خشية إرعاب الناس أو
التكبير او الترهيب أو لسبب أخر ربما يكون سببا
خطير.

فهو إما قبيح الوجه أو حسن التصوير ولكنه كان
ولازال يخفي وجهه عن الأميرة والجماهير.

كانت المنافسة الأخيرة حقا خطيرة صعبة وأجواؤها
مثيرة

قصائد المتسابقين

تقدم المتسابقون بعدة قصائد وكلها قصائد غزلية في الأميرة.

كان أولهم الأمير وآخرهم الرجل الفقير

قصيدة الأمير

أيتها الأميرة

يا أميرة قصر الملوك

احبك جنة أم مرض من يصيبه حتما مهلوك؟

حبك جعل الأمير مملوك

فلا تعرضي عني لأنني رجل من عال القوم مبروك

من تعرضين عنه بلا شك يتحول إلى صعلوك؟

أنا أمير وليس في الأمر شكوك

أنا أريدك ولو أنهم بالكبر قد اتهموك

أهديك الورد ومن دربك انزع الشوك

أنا عاشق لك واحمل لك الجواهر بنوك

هيا وافقي وقابليني بوجهك الضحوك

الأمر يعود إليك الأمر لك متروك

يا جميلة الأميرات يا سليلة الملوك

لقد قطعت مسافات إليك فعالجيني إني جندي منهوك

انه القدر من جمعنا ونحن من منبع الملوك

انه عمل من القدر محبوك

أنا لك وأنت لي والدرب إلى الحب مسلوك

قصيدة الوزير

بين الوجهاء مقامي عال ورفيع

ولكنني في حبك خادم وضيع

الشمس أن تراك تنكسف والقمر يضيع

جمالك طاغ جمالك فضيع

جواهر زينتك تجعل النساء مجرد شياه في قطيع

تحلي بالجواهر فهي لمن يستطيع

وانظري حولك عشاقك مصاريع

وأنا منهم لكنني ذا مستوى رفيع

ولكنني لأوامرك خاضع ومطيع

لقد تعذبت لأشهر وأسابيع

وأنا أطارد هذا الحلم البديع

يا أميرة الفصول وزهر الربيع

قلبي في هواك ليس في حصن منيع

حين تهلين أصبح كطفل رضيع

أو كحيوان شرس فجأة يصبح قطا وديع

يا صاحبة السمو والمقام الرفيع

أهديك عمري بختم واصدق التوقيع

قصيدة الرجل الثري

يا أميرة البلاد الرجل الثري فيك قد ذاب

افتحي الأبواب واستقبليني كأقرب الأحباب

إن طلبت قصرا فأجمل القصور لك يبنى

وان طلبت ماسا فمنجم لك يهدى

وعطشك للحياة بالألماس يروى

فمهرك ليس لغيرك يعطى

إني جانب النبع إلا سائلك بالجواب الشافي يسقى

كأني مريض ونعم منك هي جواب للبعد يشفى

قصة حبنا لن يكون قصة بالبؤس تروى

ولا رواية أو حكاية قد تنسى

إنها أسطورة تحيا وليست في دفاتر تطوى

من تتركين سيرته سوف تنعى

ومن تقبلين عن شهامته وفراسته سوف يحكى

القلب على جمر يطهى

والخسارة أمر يجب أن يمحى

وإلا فان الرجل الثري هذا من الصدمة عليه سوف يغمى

إن الرفض هو ذنب لا يغتفر ولا عن فاعله قد يعفى

جئتك بالحب أسعى

والرفض منك كأنه لدغات أفعى

وعن تلك الحال إن قلبي لا يقوى

قصيدة التاجر

يا حرير لا تحتاجين للحرير

وإلا فان حرير البقيع لك يسير

وحرير الشام لن يكون فيه عيب او تقصير

لأجلك في الهند اختلط القطن بالخرير

واشهر احجار اليمن حلي لك تصير

لم أحظى يوما بكل هذا التقدير

ولم أعي قيمة انني مليونير

لأقدم لك من الهدايا الكثير والكثير

ثيابا وحليا ودنانير

فساتين، قمصان وتنانير

دليل حبي واخلص التعبير

حب دائم لا يشوبه التغيير

وأنا عبد لك سوف أصير

هل تحتاجين أكثر من هذا التفسير؟

دعي الأمور على هذا النحو تسير

فيرسل الله التساهيل والتسيير

إنه حب لا غش فيه ولا تحوير

قولي نعم حان للقنبلة وقت التفجير

لكي نخلد حبنا ونحسن التعمير

الحب بسيط وليس في حاجة للتطوير

لك الحيرة في الاختيار والتخيير

لقد حان وقت التطهير

قصيدة النجار

إن وصفوني بأنني نجار

فهذه مهنتي بالاختيار

ولكن لتأتك مني أنا الأخبار

عملي يحتاج صبرا وإصرار

أقيس بالمتر كل خطواتي وأسير في ثبات

لأصل إليك يا سيدة الأميرات

اشحذ منشاري الذي يلتهم الخشب والنبات

وان طلبت أقدم لك تحفا من أشجار الغابات

ابني لك بيتا فوق الشجرات

بطرق مساميري تهرب كل الحيوانات

بذكائي أرى جذع الشجرة بابا،شبابيك أو منضدات

اركب البراغي لأصل وصلي بوصلك يا جميلة الأميرات

انظري حولك كل الأثاث هو من صنعي أنا بالذات

من إبداعي ومن بحر الخيالات

لست جاهلا وأنا من سيفوز بك وبكل الامتحانات

وافقي وهيا لنعيش معا وفي حب ونبات

وسوف نرزق بأمراء وأميرات

قصيدة الخباز

يا حبيبتي أنا مثل العجين

لست حديدا ولا فلين

أنا حصن لك حصين حصين

سوف أغذيك وأجيد لك التصحين

قلبي لك قصر وبيتي عرين

احمل لك الحب والحنين

حب الخباز هو حب ثمين

سوف أسعدك لدرجة التسمين

لا يغرك أنني حقا بدين

ولكني هش في الداخل ولك ألين

أنا اصنع المعجزات من الطحين

رغم أنني مجرد عبد طين

سوف أقدم لك أنواع الخبز قرابين

وارجوا أن يكون في ذلك لصورتي تحسين

لقد أصبحت لتلك الأمنية سجين

هذا الامتحان كان لي مثل الكمين

هل أنا شاعر هل أنا خباز أم أنني عجين هجين

ابحث عنك في شمالي وعلى اليمين

قصيدة الفنان

يا إلهامي أنا فنان لست ملكا ولا سلطان

سوف اعزف لك أجمل الألحان

فلنلهو في الحديقة والوديان

أطلقي العنان لنفسك وتحرري من هذا المكان

تعالي معي لنرى الكون الواسع الفتان

أنت حبيسة قصر لا تعلمين ما يوجد في الأكوان

هات يديك وأطلقي العنان

أو أغمضي عينيك وضمي الجفنان

واسمعي عزفي وتخيلي أجمل بستان

يحيط بك الورد والورد لك فستان

تسلبيني اللب وتسيطرين على الوجدان

يتسابق عليك أشجع الفتيان

ومن هم لي حقا أقران

إن دمائي تثور وفي حالة غليان

هيا أجيبيني يا صاحبة التيجان

لا تنتظري انفجار البركان

ولا اندفاع الفيضان

ولا قدوم الطوفان

اخرسي كل لسان

قولي نعم لهذا الفنان

خادمك الإنسان

من ينتظر الإحسان

ولننطلق إلى الأبد خلان

قصيدة الفارس

لا يليق بأميرة الأمراء إلا فارس الفرسان

تغلبت على الفرس والرومان

ولم آبه يوما لفرسان اليونان

في كل غزوة احضر لك الأموال والأسلاب

والجواري والجواهر والثياب

أرسل لك الرسائل وأطلق عليك أجمل الألقاب

أهديك مدنا افتحها بلا عذاب

أرى الجيوش ذباب

أو محض ضباب

أن لا توافقي هذا سراب

ألا ترين قوتي وجمالي الخلاب

فانا قوي البنية في عز الشباب

سمعتي نقية كبياض السحاب

ومن يرفضني هو في غير الصواب

أنت جميلة بلا اضطراب

وجمالك جمال مهاب

أرضى منك العفو والعقاب

يا من تشعين كشمس حتى من وراء النقاب

جمالك يسكر أقوى من الشراب

وقد أحببتك كما عشقت قبلك كاس الشراب

وافقي ولنسد هذا الباب

قصيدة اللص

جمالها محدود

حسنها مفقود

لا عند اليهود

ولا عند الهنود

سلاحها النهود

وجودة الخدود

وقوة الزنود

قويمة العمود

قليلة السجود

أنيقة الردود

ذكية الحدود

في وصلها الخلود

بعيدا عنها جثة للدود

في حبها انا عابد ومعبود

ولي ألف عدو لدود

وطموحي بدونها محدود

هي السؤال والردود

هي العشق وكل ودود

قصيدة الرجل الفقير

لم تري وجهي فأنت لست سطحية ولا تهتمين بالأشكال

لم تفتشي جيبي إذن أنت لا لست طماعة ولا تهتمي بالمال

أنا فقير لست وزيرا ولا أمير

وقابلت عرضي هذا بالاحترام والتقدير

إذن أنت لا تلهثين وراء السلطة والمكانة

ولا تنطقين باللؤم والمهانة

لست احمل لؤلؤا ولا مرجان

إلا حفنة من الكلمات والأوزان

التقيني بالحب والأحضان

واجعليني أميرا على الجبال والوديان

فانا شجاع ولست شخصا جبان

ولست سارقا ولا لصا ولا خوان

كما انه من يكون معي لا يلقى مني الخذلان

أنا له الوريد وهو لي الشريان

نحن في القلب مثل الأذنين أو البطينان

نحن روح في جسدان

مع اختلاف الأبدان

ولكننا شخص ولسنا حقا اثنان

أنت أجمل الفتيات وأنا أشجع الصبيان

أنا أسير الشعر فارس الفرسان

أنا لست قبطانا ولا قرصان

ولست أميرا ولا فنان

وليس لي حصان ولا سيفان

ولكني بالجواهر ينطق هذا اللسان

وسوف أهديك القمر قمران

والشمس شمسان

والليل والنهار لك يسجدان

فلنصبح خلان

ولنعش الحياة في اتزان

ملك وأميرته أميرة الأكوان

أميرة الزمان والمكان

أميرة الريحان والجمان

تمتلكين الفراسة بإتقان

والحكمة عندك بأشكال وألوان

لديك سر الجمال سران

بعد موافقتك سوف اخبر الحقيقة وأعلن البيان

واترك الجمع في حيرة وهذيان

ألا تشعرين بهذا القلب الذي في خفقان

يا صاحبة الجمال الفتان

اقترني بهذا الرجل الفقير الذي يشدو لك الألحان

وسلامي لملوك وللرهبان

اقترا ب النهاية

تفاوتت الآراء ومنهم من أيد شخصا وثار ضد آخر
ومنهم من لم يعجبه العجب واختلفت الآراء

ولكن الملك كان يعلم من منهم قد نال إعجابه إلا انه
أراد أن يترك رأيه إلى الأخير

أراد الملك الحكيم أن يسمع رأي الحكام ورأي الشعب
ورأي الأميرة التي هي صاحبة القرار وفي نهاية

المطاف سوف يقول كلمته ويعطي رأيه ولكنه لن يفرضه على الأميرة التي هي صاحبة الشأن.

لقد سقط الفارس من نظر الأميرة لأنه كان يبدو من كلامه وكأنه مغرور بعض الشيء كما انه اعترف بأنه سكير

أما بالنسبة للص فلم يعجبها منذ البداية

التاجر والثري والوزير في المرتبة الرابعة

النجار والخباز كانا في المرتبة الثالثة

بقي للمرحلة النهائية ولإعلان الفائز ثلاثة شعراء هم الأمير والفنان والفقير

فحضي بالمرتبة الثانية الأمير والفنان

وفاز بالمرتبة الأولى الرجل الفقير

فار الرجل الفقير بالمرتبة الأولى من رأي الحكام وأيضا من رأي الشعب

ولكن رقم ذلك بقي رأي الملك ورأي الأميرة

بالنسبة للأميرة لقد كانت مترددة في الأمر لأنها لم ترى وجه الرجل الفقير وما كانت تريد أن ترتبط برجل متسخ الثياب معدم كهذا.

فكانت تفضل الأمير الذي وصل إلى النهائيات، وقد كان شابا وسيم جميل الخلق والخلق إلا أن الأمر لا يخلو من بعض الغرور فهو في الأول والأخير أمير.

كانت الأميرة مترددة قليلا

ورغم أن الذي فاز هو الرجل الفقير إلا أن ترددها كان في اختيار الزوج فكانت تقول في نفسها لما لا أضع شروطا أخرى لمصلحتي.

فنطقت وقالت:

رغم أن الفائز هو الرجل الفقير إلا أنني لن أعلنه خطيبا لي

فهاج الجميع وقالوا بصوت جماعي

ماذا لماذا؟

ولكنها بررت كلامها وقالت:

من اجل أنني لم أرى وجهه

وأظن أن هذا من حقي

فقال الرجل الفقير:

ولكنك لم تشترطي في البداية أن يكون الشاعر جميل
ولا السن كان مطلوب وإلا لما أتعبت نفسي بالمجيء

فخافت وقالت في نفسك:

يا ألاهي ماذا يقول عله قبيح وربما أيضا كبير

ثم قالت بأعلى صوتها:

ولكن أنا لم اطلب منك أن تظهر وجهك بل كنت أفكر
في أن أقوم باختبار إضافي وبسيط

الرجل الفقير:

هل تريديني اختباري من جديد؟

الأميرة :

أجل ولكن ليس أنت فقط بل أريدك أن تقوم بمفاجأتي أنت والأمير والفنان ولتكن فرصة لكم انتم الثلاثة وليلة الغد سوف ننطق بالقرار.

سوف نلجأ لقرار الملك وبعدها أقول كلمتي الأخيرة وأتمنى أن يكون هذا عادل كفاية لنا جميعا

وافق الجميع وتأجل الأمر إلى يوم غد

المرحلة الأخيرة

في الليلة التالية وصل الجميع من اجل الحفلة النهائية

وكان على كل واحد منهم أن يفاجئها بمفاجأة لا تخطر
على بال بشر.

كانت البداية مع الفنان الذي طلب من الجميع إطفاء
الأنواء وقد راح يعزف والناس يرون نجوما صغيرة
تصعد إلى سماء المسرح وتتشكل حتى أصبحت بشكل
امرأة تبدو وكأنها الأميرة.

لقد قال وهو يعزف سوف أرسمك بالنجوم على السماء يا أميرة الشعراء وعزف وختم الأمر

ثم بعد ذلك أشعلت الأضواء لقد كان الأمر خياليا وجميلا جدا لقد قام بصنع نجوم مضيئة وقام بلصقها على أغصان طويلة وأعطي تعليمات لمن يحمل النجوم كيف يجلسون وما هي المسافة بين شخص وشخص وبين يدي ويد وبين نجمة ونجمة لكي تصبح اللوحة بذلك الشكل.

وكان عزفه على الناي خياليا ورومانسيا وأيضا الجو الذي خلقه بإطفاء كل الأضواء.

فاز الفنان بقلوب الجميع بهذه اللوحة الفنية الرومانسية التي رسمها.

وبعد ذلك جاء دور الأمير فقد أراد الرجل الفقير أن يكون هو الأخير.

احضر لها الأمير هدية وكان يتمنى أن تنال إعجابها لقد احضر لها اكبر لؤلؤة في العالم في صدفة حقيقية

التي وجدوها بداخلها ولم يكن الأمر يبدو حقيقيا إذ أن لا يمكن لأي شخص أن يحملها لوحده وقد حملها خادمان وهي ملفوفة في الحرير.

ولم تكن تلك هي مفاجأته الوحيدة بل احضر لها هدية أخرى.

لقد كتب لها اسمها على شمس من ذهب

كرة من الذهب على شكل شمس وكتب اسمها عليها

وهذه كانت هي هداياه ومفاجأته لها

تفاجأ الجميع وقد كانت هدايا ثمينة فحتى أثري الأثرياء لن يستطيعوا تقديم مثل هذه الهدايا الملوكية

وهذا ما جعل الملك يسأله عن اسم مملكته ومن يكون والده ولكن الأمير اعتذر

وامتنع عن الإجابة وقال:

عذرا مولاي لا يمكني أن أفصح عن هويتي حتى تعلن الأميرة النتيجة النهائية

الملك:

ولكن الجميع يعلمون بأنك أمير

الأمير:

لست أنفي ولست أقوم بالتوكيد

الملك:

من مظهرك وثيابك أنت تبدو أميرا لي

الأمير:

شكرا يا مولاي سوف اعتبر هذا إطراء

الملك:

حسنا كما تريد أيها الأمير

الآراء المتفاوتة

أعجبت الأميرة في البداية بلوحة الفنان الرومانسية التي أعجب بها كل من شاهدها ولكنها بعد ذلك أعجبت بهدايا الأمير

وبعد ذلك جاء دور الرجل الفقير

لقد بدأت تكون فكرة عن كلما تراه وقد اقتربت من اختيار القرار فقد أعجبت بالأمير شكلا وشعرا وبما قدمه لها من هدايا وكلمات معبرات، أما الفنان فقد كان

حقا يمتلك إحساسا يجعل الناس والجمهور يقعون في حب إحساسه ويؤثر في الجميع يما يفعله وبما ينتجه من خياله وعالمه الخاص.

ولكن لن تقرر حتى تشاهد الجميع والى آخر المنافسة وهذا من حق المتنافسين وواجبها تجاههم ولكي يكون حكمها عادلا، في حقهم وفي حق نفسها.

العرض المبهر

كانت الأميرة تقريبا قد اتخذت قراراها وأرادت أن تعلن الأمير هو الفائز ولكن القوانين تبقى قوانين واللعبة لم تنتهي لذا كان يجب أن يشاهد الجميع مفاجأة الرجل الفقير.

دخل الرجل الفقير وهو حافي القدمين وببطء يسير

وحين تم سؤاله عن المفاجأة قال لي طلب قبل ان ابدأ العرض

الأميرة:

تفضل بالطلب

الرجل الفقير:

أريد أن استعير حصان الأمير لكي يشاركني الرقص

الأميرة:

الرقص؟

نعم يا أيتها الأميرة

أنا أهديك رقصة وأريد أن يعزف لي الفنان بعد إذنك

الأميرة:

هل تريد منهم أن يساعدوك من أجل الفوز؟

ولكنها منافسة

الملك:

فليكن وأفسحي له المجال

هيا ابدأ العرض

الرجل الفقير:

حسنا مولاي

الملك خذ حصان الأمير وليتفضل الفنان بالعزف هيا بنا ولنستمتع

اجلسي أيتها الأميرة

بعد أن صعد على صهوة الحصان قال وبصوته العالي تريدين رؤية وجهي

سوف ترينه بعد أن انهي هذا لأعرض وأعدك بأنك سوف تتفاجئين.

ثم ضحك وقال ولا نقصد بالمفاجأة أن تكون بالضرورة جميلة ولكن أعدك بان المفاجأة سوف تكون صادمة لك وللجميع.

ولنبدأ العرض

هيا اعزف أيها الفنان

اعزف أجمل الألحان

أريد لحنا يطرب فرسي

العرض يا سادة هو رقص الفرس على عزف الفنان وأنا سوف ألقي بعض الشعر إنها قصيدة جدية وان أرادت يمكنها أن تشاركني فيها الأميرة وأرقص بين حين وحين وأعود إلى صهوة الفرس وارقص وترقص الفرس وارقص حتى نكمل العرض.

فاستمتعوا لأنكم لم ترو عرضا مثل هذا ولن ترو أعدكم

بدأ الفنان بالاتقاء وقال:

يا صاحبة الدلال لما غيرت السباق وأوصلتنا إلى هذا الحال؟

الأميرة:

لما تخفي وجهك؟

ما العيب؟

هل يخاف بطل الأبطال؟

الرجل الفقير:

لا يمكن للحر أن يرجع في وعده

هيا اقبلي بي كما تقبل الأرض السيل والزلزال

الأميرة:

لن تنجح في أن تجرني إلى الانفعال

نظر إليها الرجل الفقير نظرة حادة وكان منها ينطلق ألف سهام وقفز من على صهوة الفرس وراح يرقص وبوتيرة الرقص يتبعه الفنان بالعزف ورقص رقصا شديدا في مساحة خالية وكان يقفز هنا وهناك وهو يلبس بنطالا اسود ضيق وقميصا وصدرية بنية وسوداء وضع غطاء اسود مثل الكيس على رأسه.

انتبه الشعب والملك والحاشية، انتبه الجميع إلى أن أرجل الرجل الفقير تدمي ولكنه كان يعلم لقد كانت

خطواته مدروسة وكان كأنه يكتب حروفا على الأرض بجليه، بالدماء التي تقطر منهما ولكن الكتابة غير مفهومة لأنه يقفز هنا وهناك.

لقد كان منهمكا في الرقص حتى خاف عليه الملك

ثم صفر بفمه فجأة للفرس فقفز فوق ظهرها وقال:

أميرتي إن فزت وتزوجنا له ترضين بالعيش معي

الأميرة:

وأين؟

الرجل الفقير:

في قصري

الأميرة:

وهل لديك قصر؟

والجميع يضحكون

الرجل الفقير:

نعم

بين ضلوعي قصر.. لك اهديه

الرجل الفقير:

سوف أعينك ملكة

الأميرة: (وهي تضحك)

على من؟

الرجل الفقير:

على قلبي

على مملكتي وشعبي

الأميرة:

ولديك مملكة وشعب؟

الرجل الفقير:

مملكة الحروف بيوتها أشعار

وقصورها قصائد

مبنية على القوافي والأوزان

العدل فيها سائد

والحب فيها رائد

والشجاعة من العقائد

وشهامتنا من العوائد

والمجد إليها عائد

حياتي مليئة بالألغاز كثيرة المصائد

وأنت أميرة الشعراء رغبة كل قائد

فأنت من الفرائد

وأنا لست كأي قائد

سأزين حياتي بك وقصري والفرح رائد

وقبل أن تنطق الأميرة بحرف حتى قفز من على صهوة الفرس وراح يكمل الرقص والكتابة بالدماء التي لازالت تقطر من رجليه.

وفجأة أعلن نهاية الرقصة بحركة رشيقة

لقد كان عرضا معبرا جدا، وأيضا كان مثل اللوحة المسرحية الغنائية ولكن الدراما كانت في الدماء الحقيقية التي كانت تسيل من رجليه ولكنه لم يكن يعاني بل كان يرقص وبكل شغف ويعبر عما بداخله

الفوز بجدارة

لقد تفاجأ الملك والجميع أيضا ونزع الرجل الفقير ذلك الكيس من على رأسه.

لقد كتب رجليه الداميتين أميرة الشعراء على الأرض ورقص رقصا جميلا فتفاجأ الجميع

إلا أن الأميرة قد تفاجأت أيضا فقد كان يبدو كهلا لأنه ورغم انه يمتلك جسدا رشيقا إلا انه كان بلحية بيضاء تقريبا لقد كانت لحيته مليئة بالشيب لذا كان شكله لا يبدو جميلا رغم انه كان يمتلك عينين جميلتين.

وقفت الأميرة تقرأ ما على الأرض في الساحة والملك
والجميع

ووقف إلى جانبه الفنان والأمير الوسيم

فأعلن الملك رأيه وقال:

لازلت أرى بان الرجل الفقير هو الفائز فما رأيك أنت

الأميرة:

والتي رغم أنها كانت معجبة بما فعله إلا أنها كانت
مترددة بعض الشيء لأنه لم يكن يبدو جميلا ولا يظهر
من وجهه الكثير لأنه يمتلك كل تلك اللحية البيضاء

وقبل أن تقول أي شيء

والجميع يهلل وينادي باسم الرجل الفقير الذي ملك
قلوب الجمهور

حتى اقتربت منها وصيفتها وقالت:

لا تنسي يا مولاتي ما قالته لك جدتي، اقبلي برأي
الحكام والجمهور كما أن الملك معجب بذلك الرجل

لا تنسي يا مولاتي

فقالت الأميرة: (وهي تبلع ريقها وتقول في نفسها من اجل المنصب ومن اجل كسب ثقة الملك)

الفائز هو ...

أنا أوافق على ..

على رأي الملك والجمهور والحكام

أنا اقبل ب..

أنا اقبل بالرجل الفقير زوجا لي

المفاجأة العظيمة

فرح الملك فرحا عظيما وطلب من الرجل الفقير أن يصعد إلى المسرح لكي يعلن خطوبتهما.

ولكن الرجل الفقير طلب عشرة دقائق وقال بأنه سوف يعود على الفور

استغرب الجميع ولكن الملك سمح له بذلك الوقت

رافقه الأمير وغاب عن النظر

ولكي لا يسود التوتر أمر الملك الفنان بالعزف مجددا

للاحتفال بزواج الأميرة وأمر الخدم بتوزيع

المشروبات

أمر الملك الوزير بان يصرف للفنان مكافأة ضخمة

وأيضا لكل المسابقين في تلك الأثناء

عاد الأمير ومعه رجل آخر

وتوجها إلى المسرح

الأمير كان يلبس ملابس عسكري

والرجل الآخر يضع تاجا، يبدو وكأنه تاج ملك

ويضع قناعا على وجهه

لقد كان الأمر غريبا جدا ودعا الجميع إلى التساؤل

حتى الأميرة وجاريتها والجمهور

كما أن الملك كان يشعر بأن هناك أمر ما غريب في

تصرف هذين الاثنين وانه ربما يكون هناك سر

وراءهما، ولكنه كان ينتظر التبرير من الرجل الفقير

والذي أصبح في زي جديد لا يعلن ذلك الزي على انه فقير على الإطلاق.

وعندما وصل إلى الملك قال الأمير:

أقدم لك يا موالي ملك بلادي الملك ....

فتقدم الرجل المقنع ونزع القناع وقد كان شابا جميل الوجه يعبون براقة رمادية وشعر رمادي ولكنه حلق لحيته.

وقال:

يشرفي ويزيدني شرفا يا سيدي أن أقبل الزواج بالأميرة

أميرة الشعراء وأميرة حياتي وعمري

أنا الملك ماركس كراسيوس نير بزواجنا أنصبك ملكة على قلبي وشعبي ومملكتي

ونظر إلى الأمير الذي كان ينافسه سابقا وقال:

وهذا الخادم الذي كان ينافسني هو خادمي الأمين وتلك الفرس هي فرسي وتلك اللؤلؤة والشمس هي هدايا مني لك.

وضحك الجميع وتحقق حلم الأميرة بان أصبحت ملكة، ولكن ليس في مملكة والدها الملك الذي عاش طويلا وبعد وفاته حكم البلاد أختها الأصغر سنا منها.

أما الأميرة فقد انتقلت إلى مملكتها وتزوجت بملك لم تكن تحلم بأن تجده ولم تكن تعلم بأنه موجود في الحقيقة.

لقد اخبرهم الملك بان والده قد توفي قبل شهرين غرقت به سفينة في البحر وعندما نصبوه ملكا طلبت منه والدته الملكة أن يتزوج ولكنه لم يكن يدري كيف يحصل على زوجة ذكية تحلك بان تصبح ملكة زوجة قوية.

إلى أن كان في رحلة صيد في أحد الجبال وقد كان يبحث عن غزال نادر من أجل علاج احد الأمراض

التي أصيبت بها والدته فسمع عصفورة عجوز تكلم عصفورة صغيرة فهديتاه إلى أميرة الشعراء وتم المراد ووجد أميرته.

لقد سمع كلام العصفورتين بمحض الصدفة ولكن تلك الصدفة كانت من صنع القدر الذي قاده إلى حيث هي بحبيبته وأميرته التي كان يبحث عنها.

فعشقها من الكلام الذي سمعه عنها وأراد أن يدخل ذلك الاختبار وأن يفوز بجدارة، فيفوز بالأميرة التي سوف تصبح ملكته رغم أنها لا تعلم بأنه حقا ملك.

أميرة كانت لديها الكثير من الشروط التي تضعها لفارس أحلامها وكان لديها طموح آخر بان تصبح ملكة ولكنها في نهاية المطاف وافقت على الزواج برجل معدم فقير من باب الحكمة لكي تكتشف بأنه جوهرة ثمينة وليس مظهره ينبئ عما بداخله.

لقد فاز في الاختبار وفات الأميرة في الاختيار

وجمعت القلوب وتوحدت الأحبة وتوج الملك عروسه
ملة على قلبه وعلى مملكته التي أصبحت مملكتها
وعاشا في سعادة غامرة وكانا يتذكران تلك المغامرة
التي عاشاها والتي جمعتهما.

لقد كانت مغامرة من الأميرة ومجازفة منها بكل
أحلامها ولكن النصيحة الحكيمة من المرأة العجوز قد
أوصلتها إلى بر الأمان.

نظرت الأميرة إلى الوصيفة التي غمزتها وضحك
الجميع ولم يكن يعلم بالحقيقة إلا أولئك الثلاثة.

تعلمت الأميرة أهم درس في حياتها قبل أن تتوج ملكة
وهي أن لا تطاردي السراب بل انظري القلب ولا
تنظري إلى المظهر.

والأحلام حلمان حلم يهلك وحلم يسعد

وهناك دائما فرق بين الأحلام والطمع وعلى الشخص
أن يفرق بينهما لأن الطمع يعمي ولا يفسح المجال إلى
رؤية ما نملك أو ما يمكننا أن نملك.

أما الحلم البريء فهو اقرب للتمني والقدر يقوم بالباقي القدر هو من يحقق الأحلام وليس التكبر والتجبر وادعاء القوة.

ليس في السخرية من فائدة فهي حتى لا تنقص من السخرية الذي يتعرض لها قدر ما هي تنقص من الذي تخرج من أفواههم.

كما انه لا يجب أن نحلم بأمور ليس لنا

لا يجب أن نحلم بأمور قد تؤذينا

يحب أن نحلم بأمور تسعدها وعندما تتحقق سوف تغمرنا بالسعادة حقا

Sommaire